Christoph-Maria Liegener

Die geschenkten Augen

Ein Märchen

© 2021 Christoph-Maria Liegener

Herstellung und Verlag:
BoD – Books on Demand, Norderstedt
Cover-Bild: Shutterstock

ISBN:
9783755742517

FSC
www.fsc.org

MIX
Papier aus verantwortungsvollen Quellen
Paper from responsible sources
FSC® C105338

Inhalt

Der Fluch

Es war einmal ein böser Zauberer. Er hieß Hokumas und hatte durch seine dunklen Künste große Macht erlangt. Alles, was ihm in die Quere kam, verzauberte er. Hokumas beherrschte ein Land am Ufer des Ozeans und machte sich ein Vergnügen daraus, die Menschen, die er traf, in alles Mögliche zu verwandeln. Auf diese Weise schuf er Mischwesen, halb Mensch, halb Wildschwein, mit riesigen Hauern im Gesicht. Diese nannte er Werkelmauks und stellte ein ganzes Heer aus ihnen zusammen. Die Werkelmauks sahen nicht nur grässlich aus, sie waren auch extrem bösartig. Sie hassten die Menschen dafür, dass sie im Gegensatz zu ihnen nicht missgestaltet waren, und töteten alle, derer sie habhaft werden konnten.

Das Reich des Zauberers und seiner Werkelmauks grenzte an ein Königreich der Menschen. Die Menschen hatten an der

Grenze Befestigungen errichtet, um sich gegen Einfälle der bösartigen Werkelmauks zu schützen. Der König des Menschenreiches hieß Willibald und stammte aus einer Dynastie mächtiger Könige. Seit es die Armee der Werkelmauks gab, lagen die Menschen seines Reiches im Krieg mit den Werkelmauks.

Ein weiteres Menschenreich grenzte auf der anderen Seite an Willibalds Reich. Leopold, der König dieses Nachbarreiches unterstützte Willibald, so gut er konnte. Auch in seinem Reich lebten Menschen und sie sahen in den Werkelmauks gemeinsame Feinde. So verbündeten sie sich miteinander gegen die Werkelmauks. Die beiden Könige wurden gute Freunde.

Eines Tages überrannten die Werkelmauks die Grenze zu Willibalds Reich und griffen die Menschen mit einem großen Heer an. In höchster Not stellten Willibald und Leopold ebenfalls ein gemeinsames Heer auf, um sich zu verteidigen.

Auf einer gewaltigen Ebene trafen die beiden Heere aufeinander. Eine Weile wogte das Schlachtenglück hin und her, bis schließlich die beiden Menschenkönige zu einer taktischen List griffen, um einen Vorteil zu erlangen. Sie ließen das Zentrum ihrer Streitkräfte einen Scheinrückzug ausführen und schlossen, als die feindlichen Truppen ins Zentrum nachrückten, diese mit einer Zangenbewegung der Flügel ein. Die Eingeschlossenen gerieten in Bedrängnis und hätten eigentlich aufgeben müssen. In ihrer Wut taten sie das aber nicht, sondern kämpften weiter bis zum Tod und wurden fast vollständig aufgerieben. So wurden die Werkelmauks vernichtend geschlagen.

Der Zauberer, der die Werkelmauks losgeschickt hatte, floh vom Schlachtfeld und verschanzte sich in seiner Burg, die alsbald von den Königen belagert wurde. Es zeigte sich jedoch, dass die Burg nicht eingenommen werden konnte, da der Zauberer einen Bannzauber über das Gelände verhängt hatte, der keinem erlaubte, die Burg zu betreten.

So ließen die Könige die Burg unter Bewachung zurück und kehrten in ihre Reiche heim.

Der böse Zauberer Hokumas gab aber noch nicht auf und schickte Meuchelmörder zum Nachbarkönig Willibald. Der war indes wachsam, ertappte die Schurken rechtzeitig und konnte sie dingfest machen. Dann ließ er sie verhören. Als er erfuhr, dass sie vom Zauberer geschickt worden waren, um ihn zu töten, versprach er ihnen viel Gold, wenn sie zu Hokumas zurückkehrten, diesem fälschlicherweise den Erfolg ihrer Mission meldeten und ihn bei der Gelegenheit seinerseits töteten. Es wäre eine harte, aber gerechte Vergeltung gewesen.

Die Mörder gingen auf den Handel ein, wurden jedoch wiederum von Hokumas durchschaut. Offenbar handelte es sich um Tölpel und sie verhielten sich in beiden Fällen nicht gerade geschickt. Der erboste Zauberer ließ sie in den Kerker werfen und rächte sich an Willibald durch einen Fluch, den er schriftlich fixierte und dem König durch einen Boten zustellen ließ. Der Text war mit dem Blut des Zauberers geschrieben und lautete:

„Wenn du jemals ein Kind bekommen solltest, möge es blind geboren werden!"

Der Zauber dieses Fluches war sehr gefährlich, konnte aber nur wirksam werden, wenn das Opfer den Text selbst las. Das war nun leider geschehen und damit hing der Fluch über dem Königshaus.

Willibald geriet in Zorn und befahl, als Rache die Burg des Zauberers in Brand zu setzen. Der Befehl wurde befolgt und Hokumas verbrannte qualvoll.

Der Zauberer hatte eine Tochter namens Doria, der er, als es an sein Ende ging, noch einen Tarnumhang gegeben hatte, so dass sie aus der brennenden Burg fliehen konnte. Sie floh in Willibalds Reich und versteckte sich dort im Schloss.

Die verbliebenen Werkelmauks blieben unter Kontrolle der Menschen. Ihr grausliches Äußeres stellte kein Problem dar, wohl aber zunächst ihre Bösartigkeit. Das sollte sich bessern. Die Werkelmauks waren nämlich lernfähig und ohne ihren bösen Lehrmeister begriffen sie mit der Zeit, dass es besser für sie war, friedlich mit den Menschen zusammenzuleben. Es begann eine glückliche Zeit für alle.

Die Blindheit

Den Fluch des Zauberers vergaß man mit den Jahren, zumal König Willibald keine Kinder bekam. Die Königin fragte eine weise Frau um Rat, wie sie Kinder bekommen könne. Die weise Frau empfahl ihr, nachts bei Vollmond im Meer zu baden. Das Meerwasser würde sie, wenn es vom Mondlicht geküsst wird, fruchtbar machen. Beim nächsten Vollmond ging die Königin, wie ihr geraten worden war, nachts im Meer baden und wurde von einer riesigen Welle überrollt. Sie kam mit dem Schrecken davon und kehrte nach Hause zurück. Dann bat sie ihren Mann, sich mit ihr zu vereinigen. Kurz darauf wurde sie schwanger und gebar eine Tochter.

König und Königin freuten sich auf das Kind. Als sich herausstellte, dass ihr Kind blind war, liebten sie es nicht weniger. Aber nun erinnerte der König sich an den Fluch des Zauberers.

Er ließ alle Zauberer seines Reiches zusammenrufen und bat sie, etwas gegen den Fluch zu tun. Sie berieten lange und führten dann einen geheimnisvollen Zauber durch. Das Ergebnis blieb bescheiden: Sie gaben bekannt, dass sie die Blindheit der Prinzessin zwar jetzt nicht heilen könnten, dass aber die Prinzessin als Erwachsene eines Tages doch noch sehen können würde. Soweit ihre Prophezeiung. Das tröstete den König nur wenig, aber es half nichts. Mehr war zu der Zeit offenbar nicht möglich.

Die Prinzessin, die Isabell hieß, wuchs mit der Zeit heran. Gern spielte sie am Ufer des Meeres. Sie fühlte sich dort hingezogen. Mit Vergnügen spürte sie die Wellen auf ihrer Haut und fragte sich, wieviel Wasser denn im Meer wäre. Man sagte ihr, dass das Meer sich bis weit hinter den Horizont erstrecke, aber damit konnte das arme Mädchen nichts anfangen. Sie konnte sich unter einem Horizont nichts vorstellen.

Das Mädchen wollte das Meer erkunden und ging immer tiefer hinein. Als die Kinderfrauen einmal nicht richtig aufpassten, wurde sie vom Wasser erfasst und mitgerissen. Die Kinderfrauen konnten sie nicht mehr entdecken und jammerten und suchten weiter nach ihr.

Das Meer aber hatte der Prinzessin nichts getan. Es hatte sie wohlbehütet mit sich getragen, ließ sie vom Wind streicheln, bespritzte sie mit einigen Tropfen Wasser und schaukelte sie auf den Wellen. Nach einer Weile kam ein Delfin herangeschwommen, ließ sie auf seinen Rücken steigen und rauschte pfeilschnell mit ihr umher, tauchte mit ihr kurz unter und sprang dann hoch in die Luft. Isabell jauchzte vor Vergnügen. Als das Mädchen schließlich ein Gefühl von der unermesslichen Weite des Meeres bekommen hatte, trug das Meer sie behutsam wieder an den Strand zurück. Die Kinderfrauen waren überglücklich, sie wiedergefunden zu haben und brachten sie ins Schloss zurück.

Isabell war ein wunderschönes Kind und war im Begriff, zu einer noch schöneren jungen Frau zu werden. Als sie zwölf Jahre alt war, schenkte ihre Mutter ihr eine goldene Halskette und sagte dazu:

„Isabell, diese Kette möge dich immer beschützen, wenn ich nicht mehr bin."

Isabell dankte ihr und bewahrte die Kette sorgfältig auf. Es schien, als hätte die Mutter ihren baldigen Tod geahnt. Dieser ereilte sie kurz darauf und das kam so:

Doria, die entflohene Tochter des Zauberers, hatte sich in den Palast eingeschlichen und vergiftete Isabells Mutter mit einem langsam wirkenden Gift. Das Gift tat sein Werk auf Umwegen. Der Tod der Mutter wurde nämlich nicht unmittelbar durch das Gift bewirkt, konnte aber als Folge der Vergiftung betrachtet werden. Die Mutter kehrte eines Tages von einer Wattwanderung nicht zurück. Offenbar war sie vom Gift so stark geschwächt gewesen, dass die Kräfte sie unterwegs verlassen hatten und sie im Meer ertrunken war. Es blieb rätselhaft.

Dass sie im Watt verschollen war, bedeutete nach dem Glauben der Leute, dass ihr Körper keine Ruhe finden würde, bis er geborgen und bestattet werden würde. Das geschah jedoch nicht. Tatsächlich munkelte man immer öfter, dass ihr Geist nachts in der Burg herumspuke.

Isabell blieb trauernd zurück. Sie vermisste ihre Mutter sehr. Abgesehen davon hatte sie alles, was ihr Herz begehrte. Fast alles; denn leider blieb sie blind. Was nützte ihr all der Reichtum und ihre Schönheit, wenn sie nichts sehen konnte?

Vorsichtig konnte die Prinzessin in dem Wald umherstreifen, der an das Schloss grenzte. Dort kannte sie sich bald gut aus. Wenn sie auch nicht mit den Augen sehen konnte, so hatte sie doch alle ihre anderen Sinne geschärft und ein Sehen entwickelt, das die normalen Menschen nicht kannten: Sie konnte die Bäume spüren und die Geisterwelt sehen. Die Nymphen des Waldes, die sonst für die Menschen unsichtbar sind, wurden für Isabell sichtbar und freundeten sich mit ihr an. Sie führten sie durch den

Wald und brachten sie an geheime Stellen, die kein Mensch je gesehen hatte.

So lernte Isabell auch die Fee des Waldes kennen. Sie nannte sich Sylvana und erzählte Isabell viele Geheimnisse, darunter auch, dass nur der Tod selbst, der am Ende der Welt wohnte, ihr das Augenlicht geben könne, das ihr bislang verwehrt war. Bisher habe er so etwas allerdings noch nie getan. Auch getraue sich keiner, dem Tod mit solch einer Bitte gegenüberzutreten, aus Angst, dass er den Eindringling nicht wieder ziehen ließe.

Isabell war dem Prinzen des benachbarten Königreiches von Willibald versprochen worden, der Hartmut hieß und sie oft besuchte. Die beiden verliebten sich tatsächlich ineinander und verbrachten viel Zeit miteinander. Was Isabell von der Welt nicht sehen konnte, beschrieb Hartmut ihr in allen Einzelheiten. Sie waren glücklich miteinander.

Hartmut liebte die wunderschöne Isabell abgöttisch. Es tat ihm in der Seele weh zu sehen, wie sie unter ihrer Blindheit litt. Eines Tages beschloss er, ihr zu helfen. In seiner Liebe war er bereit, alles zu tun, um ihr das Augenlicht zu schenken. Isabell hatte ihm erzählt, dass der Tod ihr das Augenlicht gewähren könne, aber so etwas noch nie getan hätte. Hartmut scheute die Gefahr nicht, wollte zum Tod gehen und ihn um Hilfe bitten. Von seinem Vorsatz erzählte er Isabell nichts. Sie sollte sich keine falschen Hoffnungen machen. Wenn sein Unternehmen von Erfolg gekrönt sein sollte, wäre es eine umso schönere Überraschung.

Hartmuts Reise

Hartmut wusste, dass der Tod am Ende der Welt zu finden war, von wo er jedes Mal aufbrach, wenn es einen Menschen zu holen galt. Dorthin brach er nun auf. Es war eine weite, beschwerliche Reise. Schließlich konnte er sich nicht so schnell fortbewegen wie der Tod, der durch die Lüfte rauschte. Hinzu kam, dass er den Weg nicht kannte und sich durchfragen musste.

Das alles schreckte ihn nicht. Er packte die wichtigsten Dinge zusammen und verabschiedete sich von Isabell, ohne ihr allerdings das Ziel seiner Reise zu nennen. Sie wollte ihn erst nicht ziehen lassen, aber als er ihr versicherte, dass es sich um ein unbedingt nötiges Unterfangen handelte, gab sie nach. Hartmut brach auf.

Auf seiner Reise durchquerte er ein Land, das als Schlaraffenland bekannt war, wo einem die gebratenen Tauben in den

Mund flogen. Hier konnte jeder nach Herzenslust essen, was immer und wann immer er wollte. Die Leute begegneten ihm freundlich und fragten ihn, ob er nicht bleiben wolle. Er müsse dann nie mehr Hunger leiden.

Hartmut antwortete ihnen:

„Danke, das ist sehr freundlich, aber ich kann nicht bleiben; denn ich habe eine wichtige Aufgabe zu erledigen. Außerdem leide ich selten Hunger. Wenn ich keine Nahrung angeboten bekomme, suche ich mir selbst welche unter den Früchten des Waldes und der Wiesen."

Das verstanden die Bürger des Schlaraffenlandes und wünschten ihm eine gute Reise.

Bald erreichte er ein Land, in dem alles von Gold glänzte. Das Gold lag überall auf der Straße und jeder durfte sich nehmen, soviel er wollte. Auch hier fragten ihn die Leute freundlich, ob er nicht bleiben und reich sein wolle.

Er antwortete ihnen:

„Danke, das ist sehr freundlich, aber ich kann nicht bleiben; denn ich habe eine wichtige Aufgabe zu erledigen. Außerdem brauche ich kein Gold. Ich habe selber welches und wenn ich mehr wollte, als ich habe, würde ich mich habgierig fühlen. Das wäre nichts für mich."

Die Bürger des goldenen Landes verstanden ihn und wünschten ihm eine gute Reise.

Danach kam er in ein Land, in dem fast nur Frauen lebten. Dort hätte er sich jeden Tag eine neue Frau nehmen können. Die Leute luden ihn ein zu bleiben.

Er antwortete:

„Danke, das ist sehr freundlich, aber ich kann nicht bleiben; denn ich habe eine wichtige Aufgabe zu erledigen. Außerdem liebe ich bereits eine Frau so sehr, dass ich keine weiteren haben will."

Die Bewohnerinnen und Bewohner des Frauenreiches verstanden ihn und wünschten ihm eine gute Reise.

Er reist noch eine ganze Weile, bis er endlich an einen tiefen Abgrund gelangte, der den Wohnsitz des Todes von der Welt trennte und den er nicht überwinden konnte. Es gab dort aber einen Riesen, der bereit war, Menschen gegen Entlohnung hinüberzutragen. Hartmut bat ihn um den Transport und der Riese willigte ein:

„Ich bringe dich hinüber, wenn du mir ein Goldstück dafür gibst."

Hartmut gab ihm ein Goldstück und der Riese brachte ihn hinüber.

Nun konnte er dem Tod gegenübertreten und trug seine Bitte vor, dass der Tod Isabell neue Augen schenken möge.

Der Tod sprach:

„Du bist mutig, mir so entgegenzutreten. Das beeindruckt mich und ich will dir helfen. Es gibt einen Weg, aber er wird dir nicht gefallen: Du müsstest mir deine eigenen Augen geben, damit ich sie Isabell einsetzen kann."

Hartmut zögerte keine Sekunde:

„Einverstanden!", rief er.

„Gut", meinte der Tod. „So sei es. Zusätzlich gibt es noch eine Bedingung: Du darfst Isabell nicht sagen, dass es deine Augen sind, durch die sie wieder sehen kann. Tust du es dennoch, muss sie sterben."

Hartmut erklärte sich einverstanden und der Tod nahm ihm seine Augen.

Noch etwas Tröstliches gab er ihm mit auf den Weg:

„Isabel wird in Zukunft durch deine Augen sehen. Dadurch wird ihr Blick von Liebe zu dir beherrscht werden."

Das gefiel Hartmut und er machte sich auf den Weg zu Isabell. Zunächst musste er wieder über den Abgrund. Der Riese meinte dazu:

„Ich kann dich zurückbringen, aber dafür musst du mir zwei Goldstücke geben."

Hartmut wandte ein:

„Aber auf dem Hinweg kostete es doch nur ein Goldstück."

Der Riese lachte:

„Ja, da hättest du auch noch umkehren können. Nun aber bist du auf der Seite des Todes und es gibt keinen anderen Rückweg für dich als diesen. Ich könnte von dir verlangen, was ich wollte."

Zähneknirschend zahlte Hartmut die zwei Goldstücke und konnte seinen Weg fortsetzen.

Da er nun blind war, gestaltete sich sein Rückweg noch viel beschwerlicher als der Hinweg. Auf seinem Weg traf er Murki, einen Zwerg, der Hunger hatte und ihn um ein Almosen bat. Hartmut hatte Mitleid und gab ihm ein Goldstück.

Murki sprach:

„Vielen Dank für deine Gabe. Du hast ein gutes Herz. Ich sehe, dass du blind bist und biete dir meine Hilfe an. Ich kann dich führen."

Hartmut freute sich über die Hilfe und nahm dankend an.

Es zeigte sich, dass Murki sich ausgezeichnet auskannte. Er führte Hartmut über einen geheimen Bergpass, der den Weg gewaltig abkürzte. Bald war Hartmut in der Heimat und eilte zu Isabell.

Isabells Warten

In der Heimat war inzwischen die Zeit langsam vergangen. Hartmut war so lange weg. Isabell hatte im Schloss auf ihn gewartet und täglich auf seine Wiederkehr gehofft. Vergeblich! Sie wusste nicht, wo er war und machte sich große Sorgen.

Da sprach Doria, die Tochter des Zauberers, sie an. Die hinterhältige Frau gab sich als Reisende aus und erzählte ihr, dass sie Hartmut in einem Wirtshaus getroffen habe, wo er gezecht hätte. Er hätte ihr aufgetragen, Isabell die Nachricht zu überbringen, dass sie ihn dort treffen solle.

Dorias Plan war schlau eingefädelt. Sie hatte sich das ausgedacht, um Isabell in jenes Wirtshaus zu locken. Dort lauerten gedungene Mörder auf die Königstochter. So wollte Doria Rache für den Tod ihres Vaters nehmen.

Isabell durchschaute die Lüge sofort; denn sie wusste, dass Hartmut nie in einem Wirtshaus zechen würde. Er trank überhaupt keinen Alkohol. Daher ging sie zu ihrem Vater, dem König und erzählte ihm den Vorfall. Der König ließ Doria festnehmen und verhören. Schließlich gestand sie alles. Sie kam ins Verlies und auch die Mörder im Wirtshaus wurden festgenommen.

Isabell wartete weiter geduldig.

Nachdem Hartmut sein Abkommen mit dem Tod geschlossen hatte, war der Tod mit einem Windstoß zu Isabell gereist, hatte sie mit einer Handbewegung eingeschläfert und ihr die Augen eingesetzt. Dann ließ er sie wieder erwachen und verschwand.

Isabell kam langsam zu sich. Schlaftrunken murmelte sie:

„Mir war gerade, als hätte ich sterben sollen. Aber ich lebe ja noch."

Dann öffnete sie die Augen und konnte sehen. Erst begriff sie gar nicht, was geschehen war, aber langsam konnte sie die Gegenstände ihrer Umgebung den Bildern zuordnen, die ihre Augen ihr vermittelten.

Nun begriff sie das Wunder: Sie konnte tatsächlich sehen!

Sofort machte sie sich auf den Weg durchs Schloss zu ihrem Vater, der überglücklich war. Dann besichtigte sie alles, was sie bisher nur ertastet hatte: das Schloss, den Wald, das Meer. Alles, was sie bisher nur vom Fühlen kannte, wollte sie jetzt auch mit den Augen anzusehen. Als sie das unendliche Meer sah, war sie überwältigt. Nie hatte sie sich das vorstellen können.

Alle um sie herum freuten sich mit ihr und feierten ihre neu erlangte Sehfähigkeit.

Ihre Augen vermochten jedoch mehr als nur zu sehen. Ihr Blick vermittelte jedem Gegenüber die Nächstenliebe, die Isabell für alle Menschen empfand. So voller Dankbarkeit für ihr Augenlicht war sie, dass ihr Herz überfloss. Die Menschen konnten nicht anders als auch sie zu mögen. Vom Zimmermädchen bis zum Stallburschen – alle liebten sie!

Immer schon hatte Isabell geschickte Hände und hatte kleine Gegenstände aus Holz, Stroh, Papier und anderen Materialien gebastelt. Jetzt aber, da sie sehen konnte, fanden ihre Finger ihren Weg noch viel besser als vorher. Es schien, dass sie manches, das ihre Finger von selbst fanden, erst richtig bewerkstelligen konnte, wenn sie ihre Finger bei der Tätigkeit betrachtete. Alles ging ihr nun leichter von der Hand. Auch Farben konnte sie nun einsetzen, etwas, wovon sie früher keine Ahnung hatte. Sie verschenke ihre kleine Kunstwerke und machte den Beschenkten eine große Freude.

Stundenlang beobachtete Isabell die Vögel auf dem Schlosshof. Sie fütterte sie und spielte mit ihnen. Ganz zutraulich wurden ihre gefiederten Freunde. Wenn sie ihnen in die kleinen Äuglein sah, konnte die Prinzessin die Welt von oben sehen. Der Blick berauschte sie.

Irgendwann besuchte die Prinzessin die gefangene Doria in ihrem Kerker. Sie wollte auch diese Angelegenheit klären. Als sie Doria in die Augen sah, drang ihr Blick bis tief in die Seele der Übeltäterin vor und löste dort Reue aus. Selbst Doria empfand jetzt Zuneigung für die Königstochter und brach in Tränen aus, wenn sie daran zurückdachte, was sie ihr hatte antun wollen. Isabell vergab ihr und bat ihren Vater, die reuige Verbrecherin freizulassen.

Doria wurde freigelassen und erfuhr, wem sie ihre Freilassung zu verdanken hatte. Sie blieb Isabell ihr Leben lang dankbar.

Als Hartmut endlich wieder zurückgekehrt war und vor Isabell trat, hatte diese sich bereits an ihre Sehkraft gewöhnt. Sie sah Hartmut an und ihre Augen erstrahlten in Liebe. Schon vorher hatte sie ihn geliebt, nun aber kam sein Bild hinzu, vermittelt durch den Blick der Liebe.

Hartmut konnte ihren Blick nicht sehen, da er keine Augen mehr hatte. Das wiederum bemerkte Isabell.

Entsetzt fragte sie:

„Was, um Gottes Willen, ist passiert? Warum bist du jetzt blind? Jetzt, da ich sehen kann?"

Hartmut freute sich, dass Isabell jetzt sehe konnte. Da er ihr die Wahrheit nicht sagen durfte, redete er sich heraus:

„Das ist ein kleiner Vorgeschmack auf den Tod, der uns allen eines Tages bevorsteht. Ich bin deswegen nicht unglücklich. Wie schön, dass du jetzt sehen kannst! Du wirst für uns beide sehen, so wie ich vorher für uns beide gesehen habe."

Isabell konnte nicht glauben, dass er zufrieden war und gab zu bedenken:

„Das werde ich gerne tun, aber ich kann kaum glauben, dass du mit deinem Schicksal zufrieden bist, weiß ich doch, wie unglücklich ich über meine eigene Blindheit war."

Isabell dachte nach, wie sie Hartmut helfen konnte. Sie wusste, dass der Tod die Macht hatte, Hartmut das Augenlicht zurückzugeben. Sollte sie ihn aufsuchen und um Augen für Hartmut bitten?

Es würde eine lange Reise werden. So glücklich war sie, endlich wieder mit Hartmut zusammen zu sein, dass sie sich kaum überwinden konnte, sich wieder von ihm zu trennen. Aber es musste sein.

Isabells Reise

Isabells Entschluss stand fest: Sie würde zum Tod aufbrechen. Wenn es ein Vorgeschmack auf den Tod war, dass Hartmut nicht mehr sehen konnte, würde sie den Tod bitten, diese Bürde wieder von ihm zu nehmen.

Nunmehr wollte sie also zum Tod reisen. Sie ahnte nicht, dass Hartmut diese Reise selbst schon vor ihr unternommen hatte, aber sie hatte erfahren, dass Murki ihn durch die halbe Welt geführt hatte. Er hatte alle Wege gekannt.

Da sie selbst den Weg nicht kannte, fragte sie Murki, ob er sie führen würde. Der erklärte sich bereit, ihr zu helfen, und führte sie über den geheimen Bergpass zum Wohnsitz des Todes.

Wie vor ihr schon Hartmut gelangte auch Isabell an den Abgrund, der den Wohnsitz des Todes von der Welt trennte. Als sie den Riesen um Hilfe bat, musste auch sie ihm etwas für den Transport geben.

Sie sagte:

„Ich habe kein Geld bei mir."

Der Riese entgegnete:

„Dann gib mir den goldenen Armreif, den du trägst!"

Sie tat es und er brachte sie hinüber. Dann trat sie vor den Tod und bat ihn, Hartmut das Augenlicht wiederzugeben.

Der Tod fand es angebracht, ihr nunmehr doch von Hartmuts Geschenk an sie zu erzählen.

Isabell war erschüttert, als sie die Geschichte hörte. Hartmut hatte seine Augen für sie geopfert! Sie begann zu schluchzen und murmelte:

„Hartmut, das hättest du nicht tun dürfen. Das war zu viel. Ich kann das nicht annehmen."

Ihre Rührung und ihre Trauer wichen schließlich der Entschlossenheit. Gefasst bat sie den Tod:

„Bitte nimm mir die Augen wieder weg und gib sie Hartmut zurück! Ich kann dieses Opfer nicht annehmen."

Der Tod dachte nach. Dann brachte er hervor:

„Seine ganze Aktion wäre sinnlos, wenn ich dir jetzt die Augen wieder wegnähme und sie ihm zurückgeben würde. Es war doch eine Tat der Liebe", erklärte er.

Isabell jedoch war entschlossen, Hartmut seine Augen zurückzugeben.

„Du kannst mich auch gleich dabehalten", bot sie dem Tod an.

Da erfasste den Tod Mitleid mit den beiden und Bewunderung für ihre Liebe. Er verkündete ihr:

„Eure Liebe rührt mich. Ich werde versuchen, dir zu helfen. Deine Mutter hat noch immer keine Ruhe gefunden. Sie irrt im Totenreich umher. Dieses Reich findest du hinter meinem Haus. Ich bewache es. Wenn du deine Mutter dort findest und zu mir bringst, kann ich ihre Augen entnehmen und sie Hartmut einsetzen. Deine Mutter werde ich danach in die ewigen

Gefilde entlassen, wo sie ihre Ruhe finden und ihre Augen nicht mehr brauchen wird."

Isabell war bereit, alles zu tun, um Hartmut zu helfen. Also stieg sie ins Totenreich hinab. Dort irrte sie umher und fragte viele Tote nach ihrer Mutter. Nicht alle von ihnen konnten sprechen und die, die es konnten, kannten ihre Mutter nicht.

Schließlich fand sie eine Tote, die ihre Mutter kannte. Mit leiser Stimme flüsterte diese:

„Ich könnte dich zu deiner Mutter führen, aber ich bin zu schwach. Du müsstest mir einen Teil deiner Lebenskraft geben."

Obwohl sie Angst hatte, stimmte Isabell zu und die Tote umarmte sie. Da spürte Isabell, wie ihre Kraft sie verließ und auf die Tote überging. Als sie zusammenzubrechen drohte, riss sie sich los und keuchte:

„Das muss reichen! Jetzt bring mich zu meiner Mutter!"

Die Tote hielt Wort und brachte Isabell zu ihrer Mutter. Isabell erkannte ihre Mutter sofort, obwohl sie sie nie gesehen hatte. Die Reaktion der Mutter bei ihrem Anblick sprach für sich.

„Isabell!", rief die Mutter und „Mutter!" rief Isabell, als sie sich erblickten. Die tote Mutter weinte vor Freude. Schnell hatte sie erkannt, dass Isabell jetzt sehen konnte, und ließ sich die ganze Geschichte erzählen. Die Mutter war mit Isabells Vorhaben einverstanden. Es bedeutete schließlich, dass der Angebetete ihrer geliebten Tochter wieder sehen können würde und gleichzeitig sie selbst endlich ihre Ruhe finden würde.

Isabell wollte ihr um den Hals fallen, aber die Mutter hielt sie mit den Worten zurück:

„Wenn du als Lebende mich, eine Tote, umarmst, geht deine Lebenskraft auf mich über. Ich sehe, dass du schon geschwächt bist. Das könnte dein Ende sein und du müsstest für immer hierbleiben. Wir können auch so beieinander sein."

Wie schön, die Stimme der Mutter wieder zu hören! Sie klang zwar jetzt etwas

dumpf, aber der Tonfall war derselbe ge-
blieben wie zu ihren Lebzeiten.

Mutter und Tochter gingen gemeinsam
zurück zum Tod. Dieser entnahm der toten
Mutter die Augen, die sich noch gut zum
Sehen eigneten. Dort, wo sie nun hinging,
würde sie sie nicht mehr brauchen. Nun
verabschiedete sich die Mutter von ihrer
Tochter. Sie würde jetzt die ewige Seligkeit
erlangen, fühlte sich schon im Vorgefühl
darauf glücklich und wollte ihr Glück an
ihre Tochter weitergeben, indem sie sie
segnete, damit auch sie eines Tages dieses
Schicksal erreichen möge.

Der Tod führte die Mutter zu einer ver-
borgenen Pforte, die in die ewigen Gefilde
führte, und ließ sie hindurchtreten.

Danach sprach er zu Isabell:

„Ich werde Hartmut die Augen einsetzen und ihm von deinem Angebot erzählen, deine Augen zu opfern. Durch die
neuen Augen wird sein Blick von Liebe zu
dir beherrscht werden, so wie deiner von

Liebe zu ihm. Noch etwas kann ich für euch tun: Ich werde euch erst dann endgültig zu mir holen, wenn ihr dazu bereit seid. Ruft mich dann einfach! Sag das auch Hartmut!"

Isabell bedankte sich und machte sich auf den Rückweg.

In der Heimat

Zunächst kam Isabell wieder an den Abgrund. Der Riese wollte abermals ein Entgelt für das Hinüberbringen.

Sie sagte:

„Ich habe nun nichts mehr, was ich dir geben könnte."

Der Riese entgegnete:

„Du trägst doch eine goldene Halskette. Gib mir die!"

Isabell wandte ein:

„Diese Halskette ist ein Geschenk meiner verstorbenen Mutter. Ich kann sie nicht weggeben."

Der Riese lachte:

„Wenn du zurück willst, wirst du sie mir geben müssen."

Die Kette war Isabells liebster Besitz, aber sie hatte keine Wahl. Mit blutendem

Herzen gab sie dem Riesen die Kette und der setzte sie über.

Dann eilte sie mit Murki zu Hartmut. Dieser konnte bereits wieder sehen und die beiden fielen sich glücklich in die Arme. Nunmehr durften sie sich alles erzählen.

Hartmut bedauerte, dass Isabell ihr Lieblingsschmuckstück hatte weggeben müssen. Er wollte versuchen, es zurückzugewinnen. Er machte sich mit Murki abermals auf den Weg. Direkt suchte er den Riesen auf und verkaufte ihm diesmal einen am Spieß gebratenen Ochsen für ein Goldstück. Der Riese stopfte sich den Ochsen in einem Stück in den Mund. Prompt blieb ihm der Spieß quer im Hals stecken. Er bat Hartmut um Hilfe:

„Wenn du meinen Schlund wieder freimachst, gebe ich dir noch ein Goldstück", bot er an.

Hartmut erwiderte:

„Es ist wie beim Hinübertragen über den Abgrund: Beim zweiten Mal wird es teurer.

Ich will die Halskette von Prinzessin Isabell dafür haben."

Dem Riesen blieb nichts anderes übrig, als in den höheren Preis einzuwilligen. Er händigte Hartmut die Kette aus. Dieser rief Murki herbei, der ihn begleitet hatte. Murki kletterte in den Mund des Riesen und holte den Spieß heraus. Der Riese war erleichtert und Hartmut kehrte mit der Kette zu Isabell zurück, die sich unbändig freute.

Hartmut und Isabell waren jetzt restlos glücklich. Sie sahen sich tief in die Augen und die Blicke ihrer gegenseitigen Liebe verschmolzen miteinander. Hartmut erblickt in Isabell einen Engel und Isabell in Hartmut einen strahlenden Held. Beide blickten tiefer und sahen in ihren Augen ihr zukünftiges gemeinsames, glückliches Leben. Es war wundervoll. Gerührt fielen sie sich in die Arme und gelobten sich ewige Treue. Sie verkündeten ihre Verlobung und heirateten bald darauf.

Murki blieb als ihr Freund bei ihnen.

Drei Tage nach der Hochzeit vermisste Isabell ihre goldene Halskette. Sie hatte sie abends zum Schlafen abgelegt und am nächsten Morgen war sie nicht mehr da. Was konnte geschehen sein? Alles Herumfragen half nicht. Keiner wusste etwas und alle liebten Isabell zu sehr, als dass sie ihre Kette gestohlen hätten.

Es gab eine ganz andere Erklärung.

Der Zauberer Hokumas hatte einen Kobold namens Welmim in seinen Diensten gehabt, der sich unsichtbar machen konnte und so beim Tod des Zauberers mit Doria entkommen und in Willibalds Schloss gelangt war. Auch er sann auf Rache für seinen Herrn und tat das, was Kobolde am liebsten tun: Er versteckte Sachen – so auch Isabells goldene Halskette. Solange er unsichtbar war, konnte Isabell ihm auch nicht in die Augen blicken und konnte ihn nicht für sich einnehmen. So war er ihrem Liebreiz nicht erlegen. Nicht nur, dass er sie nicht liebte, im Gegenteil: Wegen ihres Vaters hasste er sie sogar.

So kam es zu einer ganz ungeheuerlichen Tat. Eines Nachts schlich er sich unsichtbar in ihr Schlafgemach und stahl ihr die Augen.

Als Isabell erwachte und wieder blind war, packte sie Verzweiflung. Sie konnte es nicht glauben und wollte sich nicht in ihr Schicksal fügen. Schon früher war sie blind gewesen, aber damals hatte sie nichts anderes gekannt. Nun aber wusste sie, wie schön es sein konnte zu sehen. Das wieder verloren zu haben, konnte sie kaum ertragen.

Noch etwas kam hinzu: Hartmut hatte ihr seine Augen anvertraut und sie hatte sie sich stehlen lassen! Sie glaubte, sich des großen Geschenkes nicht als würdig erwiesen zu haben. Es half nicht, dass Hartmut, als er davon erfuhr, ihr versicherte, dass sie nichts dafür könne. Sie trauerte nicht nur wegen ihrer neuerlichen Blindheit, sondern auch, weil sie anscheinend des Sehens nicht würdig war. Hartmut wollte sie aufmuntern:

„Wenn du weiter so den Kopf hängen lässt, fällt dir noch die Krone herunter."

Da musste Isabell nun doch lachen und beschloss, sich zusammenzunehmen.

Aber es musste etwas getan werden. Erst die Kette, dann die Augen – ein böser Geist schien sein Unwesen im Schloss zu treiben. Besonders oft stahl er offenbar Leckereien in der Küche. Hartmut wollte ihm eine Falle stellen. Er ließ in der Küche die leckersten Kuchen auf eine Platte garnieren und stellte diese auf den Boden. Darüber befestigte er ein festes Netz an der Decke des Raumes und bastelte eine Vorrichtung, die das Netz fallen ließ, sobald jemand die Platte berührte.

Die Falle funktionierte: Der Kobold wollte nachts von dem Kuchen naschen und wurde im Netz gefangen. Wenn ein Kobold festsitzt, wird er sichtbar und so geschah es auch hier. Das Rätsel war gelöst. Hartmut ergriff den Kobold und zwang ihn, den Diebstahl zu gestehen und Isabell ihre Augen zurückzugeben. Dann erfuhr er von der Herkunft des Kobolds. Er durchschaute seine Rachepläne.

Damit sich seine Übeltaten nicht wiederholen konnten, sperrte man ihn in ein

Verlies und ketteten ihn an. So würde er sichtbar bleiben und konnte keinen Schaden mehr anrichten.

Isabell besuchte den kleinen Übeltäter im Kerker. Er war noch kleiner als Murki. Jetzt, da sie ihn sehen konnte, tat er ihr leid. Es war ja wirklich ein niedlicher kleiner Kerl! Die Streiche, die er den Menschen spielte, betrachtete er als Schabernack. Selten meinte er es böse. Bei Isabells Augen hatte es sich allerdings um eine unrühmliche Ausnahme gehandelt.

Isabells Menschenliebe umfasste auch den Kobold. Ihr liebevoller Blick versenkte sich in seine Augen und drang bis auf den Grund seiner gar nicht ganz so bösen Seele vor. Welmim wiederum konnte sich ihrer Liebe nicht widersetzen. Nicht nur der zauberhafte Blick ihrer Augen wirkte auf ihn. Vielmehr spürte er ihre tatsächliche Liebe, eine Liebe, die sie freigiebig an alle Lebewesen verschenkte. Noch nie in seinem Leben war der kleine Kerl von jemandem geliebt worden. Er hatte keine Eltern, war aus einem Zauber unter Mitwirkung böser Geister entstanden. Nun aber wurde er geliebt! Er konnte nicht anders, als Isabell auch zu lieben. So wirkte endlich auch bei ihm der Liebreiz der Prinzessin. Aufrichtig bereute er seine Tat und bekundete das auch vor dem König.

Wie bei Doria bewirkte Isabell auch Welmims Freilassung. Die Koboldsgesetze besagten, dass der Kobold für die Menschen, die ihn einmal gesehen hatten, sichtbar bleiben musste. So würde er nicht mehr allzu viel Unsinn anstellen können. Außerdem brauchte er gar nichts mehr zu mopsen. Er bekam alles, was er wollte. So sehr mochten ihn bald alle!

Er wuselte überall im Schloss herum, so dass er jeden Winkel kannte. Das hatte ihm früher ermöglicht, alle möglichen Dinge zu verstecken, die die Leute dann verzweifelt gesucht hatten und erst sehr viel später an einer ganz anderen Stelle wiederfanden. Niemand verstand, wie sie dahin hatten kommen können.

Jetzt tat Welmim das Gegenteil: Er half, verlorene Gegenstände wiederzufinden. In diesen Fällen blieb er allerdings nicht anonym, sondern ließ sich feiern. Dabei fand er auch Sachen, die schon lange als verschollen galten. Wer hatte die wohl seinerzeit so gut versteckt? Isabells Kette hatte er gleich am Anfang zurückgeben müssen; es gab aber noch viele weitere Dinge, die schon vergessen waren.

Isabell begleitete er, wann immer er konnte, und sie genoss die Gesellschaft des lustigen kleinen Kerls.

Viele schöne Jahre folgten. Wie der Tod versprochen hatte, starben Isabell und Hartmut nicht, solange sie nicht den Wunsch danach verspürten.

Sie genossen einige Jahre das Eheglück, bis ihnen auffiel, dass sich noch kein Kindersegen eingestellt hatte. Isabell fragte die Nymphen um Rat und erhielt ihn: In der Osternacht schmückten sie den kleinen Brunnen der Nymphen mit Blumen und am Ostermorgen tranken sie das Wasser des Brunnens. Sie vermeinten, im Wasserspiegel das Bild ihres zukünftigen Kindes

zu sehen. Dann gingen sie ins Schloss zurück und vereinigten sich. Neun Monate
später bekamen sie einen Sohn, den sie Erik
nannten.

Sie bekamen noch zwei Kinder, so dass
sie insgesamt drei Kinder hatten: zwei
Söhne und eine Tochter.

Als die Könige Willibald und Leopold
kurz nacheinander starben, wurden Hartmut und Isabell König bzw. Königin dieser
Reiche, die sie daraufhin vereinigten und
gemeinsam regierten. Hartmut wurde von
allen Untertanen respektiert, Isabell aber
wurde von ihnen geliebt.

Ihre Söhne und die Tochter schenkten
ihnen Enkel. Zu dieser Zeit entschlossen
sich Hartmut und Isabell abzudanken. Sie
legten die Regierungsgeschäfte vertrauens-
voll in die Hände des Kronprinzen Erik
und seiner Frau Jolanda. Sie selbst spürten
zwar mittlerweile das Alter, wussten aber,
dass sie vor dem Tod sicher waren. Die Be-
schwerden des Alters hatte der Tod ihnen
jedoch nicht nehmen können. So machten

sie sich Gedanken über ein freiwilliges Ableben. Vor allem wollten sie nicht mehr erleben, dass ihre Kinder etwa eines Tages vor ihnen sterben würden.

Da sie nicht mehr rüstig genug für die lange Reise zum Tod waren, riefen sie ihn herbei, dass er sie holen möge. Der Tod kam und nahm sie beide gemeinsam mit.

Er flog mit ihnen über die Wolken. Dort verloren sie ihr Bewusstsein, bis sie in den ewigen Gefilden wieder erwachten. Hier waren sie körperlos und schwebten im Glück. Ja, sie konnten es deutlich spüren, das Glück. Es durchströmte sie und ließ sie erglühen. Sie sahen ihre Eltern wieder, verstorbene Freunde und Verwandte und verweilten in einem unbeschreiblichen Wohlgefühl.

Von hier aus konnten sie die Geschicke ihrer Kinder und Enkel verfolgen, mit Hilfe ihrer guten Wünsche sogar beeinflussen. Nur gute Menschen kamen hierhin und sie gehörten zu jenen Glücklichen.